PAUL HOUETTE

LE Mannequin

VAUDEVILLE EN UN ACTE

PARIS

H. SIMONIS EMPIS, ÉDITEUR

21, RUE DES PETITS-CHAMPS, 21

1901

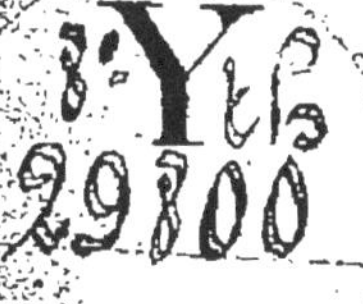

LE MANNEQUIN

VAUDEVILLE EN UN ACTE

Joué pour la première fois à Meudon, le 16 juin 1901, à l'occasion de la fête de la remise du drapeau à la 1060e section des *Vétérans des Armées de Terre et de Mer.*

DU MÊME AUTEUR

UN MARI DANS LA MANCHE, comédie en 1 acte.

MARIÉ ET PENDU, comédie en 1 acte.

ÉMILE COLIN, IMPRIMERIE DE LAGNY (S.-&-M.)

PAUL HOUETTE

Le Mannequin

VAUDEVILLE EN UN ACTE

PARIS
H. SIMONIS EMPIS, ÉDITEUR
21, RUE DES PETITS-CHAMPS, 21

1901

SCÈNE IX

HÉLÈNE. — Oh ! pardon, l'épingle m'a glissé des doigts, je vous ai blessé, profondément peut-être. Oh !...

Je vous dédie cette saynète, MADAME JANSSEN, *femme du distingué savant, Directeur de l'Observatoire de Meudon.*

Vous avez toujours montré le plus grand zèle comme Présidente de l'Association des Dames Françaises pour les secours aux blessés.

(*Sections Sèvres, Meudon, Bellevue*).

Votre bien dévoué,
PAUL HOUETTE.

16 juin 1901.

PERSONNAGES :

LE DOCTEUR PANSEBIEN, 55 ans.	M. BOURNY du Théâtre-Antoine.
LE COMTE RAOUL DE BELLESOUCHE, 29 ans.	M. CORBIN du Vaudeville.
MAXIME BONIFACE, infirmier, 38 ans.	GAY du Théâtre de Cluny.
MADEMOISELLE HELÈNE DU MINOIS, 20 ans.	Mlle BLANCHE DORIEL des Variétés.

LE MANNEQUIN

Une salle formant dépendance de l'Académie de médecine. — Bibliothèque. — Figures anatomiques. — Flacons, appareils pour consultation. — Boîtes et bocaux de coton hydrophile. — Bandes pour malades et blessés.

SCÈNE PREMIÈRE

LE DOCTEUR PANSEBIEN, seul.

LE DOCTEUR (*feuilletant un carnet*). — Voyons mes heures de cours pour les dames de la Société des secours aux blessés. Jeudi : 2 heures ; samedi : 4 heures et demie. (*Regardant des cartes de visite.*) Tiens ! les noms des nouvelles élèves : Madame la comtesse de Blanchemain, la duchesse de Visaleuil, mademoiselle Yvonne de l'Esbroufardière, mademoiselle Rose Procédure, mademoiselle Viviane de Belagnelet (*Décachetant une lettre : Reniflant :*) Hum, un parfum ! Une lettre : « Mon cher docteur, » plaignez-moi, je suis affligée d'une adénite cervi- » cale, plus simplement d'une inflammation des » ganglions lymphatiques du cou ; je me couvre de » flanelle et je ne pourrai assister à votre cours de- » main. J'espère que la région hyoïdienne ne sera » pas atteinte et que je vous serai fidèle samedi ;

» l'anatomie, comme vous la professez, me trans-
» porte et m'enchante. Recevez l'assurance de mes
» sentiments respectueux. — Sidonie d'Hauterive. »

Je craignais que mes élèves ne fussent tièdes, indifférentes ; au contraire, j'ai rencontré une curiosité scientifique, un goût tout particulier pour les études anatomiques chez mes auditrices. Quelle a été leur ardeur pour suivre le jeu des muscles, la circulation du sang, le rôle important des poumons ! Que de jolies femmes se sont intéressées aux fonctions du cerveau, le siège de notre intelligence, de nos passions, qui communique ses moindres sensations dans toutes les parties de notre être avec la rapidité de l'étincelle électrique. La belle madame de Briselâme m'a prié de lui désigner exactement le lobe du cerveau où se trouvait le siège de la volonté de son mari, quand il exigeait d'elle..., par exemple, de régler la note de son couturier ou de le féliciter de sa croix de chevalier de la Légion d'honneur. Alors qu'ai-je fait ? Je lui ai fait le dessin anatomique du lobe occipital ; elle a été surprise de voir qu'il tenait si peu de place dans la boîte osseuse de son époux.

J'ai dû apprendre à mes élèves à soigner les blessés comme de vraies infirmières. Nous avions d'abord des sujets en carton-pâte, en caoutchouc vulcanisé pour l'application des bandes, la pose des épingles anglaises. Il a fallu arriver pour l'étude sérieuse à adopter le sujet vivant en chair et en os, bien musclé. Nous avons des modèles, des mannequins du sexe masculin qu'on paie depuis 0 fr. 35 l'heure jusqu'à 0 fr. 70. Ce sont de jeunes garçons, des ouvriers sans ouvrage, des Italiens inoccupés chez les peintres. Ce petit salaire nous assure de nombreuses inscriptions de gens sans travail et nous choisissons ceux qui sont le mieux élevés, appartenant à d'honnêtes familles d'artisans. Il ne faut pas de diplômes pour cette profession qui exige peu d'apprentissage. Nous mettons dans une urne des numéros correspondant aux blessures imaginaires de nos sujets qui les tirent par la voie du sort. Il faut nécessairement une certaine réserve pour que nos dames ou que nos demoiselles n'aient pas à faire des pansements pouvant effaroucher leur pudeur bien naturelle. Pour certains cas spéciaux, on est obligé de revenir au mannequin de peintre en toile ; par exemple, si l'on veut placer sur l'abdomen, après l'opération de l'appendicite, le bandage dit quadrige modifié. Le professeur doit se prêter aux exigences d'un cours qui ne peut être que superficiel, assurer cependant des résultats certains pour soulager les victimes de nos terribles guerres où l'arme à feu perfore, brise les combattants, formant des plaies paraissant inguérissables.

SCÈNE II

Le Docteur PANSEBIEN, Maxime BONIFACE infirmier.

Boniface. — M. le Docteur, il y a là un jeune homme qui m'a prié de vous faire passer sa carte sous enveloppe.

Le docteur. — Tiens, il écrit Pansebien avec un *e*.

Boniface. — C'est qu'il sait que vous ne péchez pas par l'esprit.

Le docteur. — L'autre jour, une dame qui a une mauvaise écriture avait mis bien innocemment : Le docteur Pince-bien ; son *i* étant mal formé, je ne lui en ai pas voulu.

Boniface. — D'autant plus que lorsque le docteur pince une artère, c'est fait de main de maître.

Le docteur, *lisant*. — Le comte Raoul de Bellesouche, rue de Grenelle-Saint-Germain, n° 27. Connais pas. Faites entrer et laissez-nous.

SCÈNE III

Le Docteur PANSEBIEN, le Comte de BELLESOUCHE

Le comte. — Docteur, j'ai recours à votre obligeance pour un cas très particulier qui demanderait une discrétion absolue.

Le docteur. — Comme médecin, nous avons le secret professionnel ; j'y suis fidèle.

Le comte. — Je voudrais être accepté pour vos cours de dames comme mannequin ?

Le docteur. — Comme mannequin.

Le comte. — Je voudrais que vous puissiez me faire soigner pour une blessure du cubitus ou de l'humerus.

LE DOCTEUR. — Vous avez une fracture ?

LE COMTE. — Imaginaire ; vous me feriez placer par une de vos élèves un bandage circulaire.

LE DOCTEUR. — Un bandage circulaire ?

LE COMTE. — Circulaire ou oblique.

LE DOCTEUR. — Mais nous ne faisons nos bandages que sur des mannequins désireux de gagner leur vie, d'être rétribués. Je m'étonne que, dans votre situation, vous cherchiez un gain assurément fort minime. Auriez-vous perdu votre fortune aux courses ou par des différences de Bourse ? Dans ce cas les appointements mensuels d'un mannequin seraient une faible ressource pour payer des créanciers. Mes employés gagnent de 0 fr. 35 à 0 fr. 70 l'heure, suivant le physique du mannequin.

LE COMTE. — Ma fortune est intacte, docteur, je voudrais seulement me trouver en rapport à votre cours avec mademoiselle du Minois dont on m'a parlé pour un mariage. Elle est en deuil d'un oncle, elle ne va pas dans le monde ; je voudrais la voir à votre leçon.

LE DOCTEUR. — Et vous faire soigner le bras par elle ?

LE COMTE (*baissant la tête affirmativement*). — Vous laisseriez supposer que je suis un ouvrier sans ouvrage, un ébéniste, par exemple.

LE DOCTEUR (*riant*). — Un gréviste ? Mais c'est très délicat ce que vous me demandez là ; et ma responsabilité, qu'en faites-vous ?

LE COMTE. — Vous ferez peut-être deux heureux si cette jeune fille me plaît ; j'ai 100.000 francs de rente. Je suis attaché à l'ambassade de Stockholm. Voulez-vous prendre des renseignements sur moi? Je vous donnerai mes références.

LE DOCTEUR. — Mon élève n'aura pas le sang-froid nécessaire pour vous appliquer un appareil sur le bras soi-disant malade.

LE COMTE. — Je serai, s'il le faut, très brusque, docteur, très illettré, très *moule*, et si je parlais, j'aurais soin d'émailler ma conversation de fautes de français ou de mots de la langue verte comme le font les fils de Maître-Jacques.

LE DOCTEUR. — Vous ne porterez pas votre ruban rouge?

LE COMTE. — Assurément.

LE DOCTEUR. — Et vous donnerez mille francs pour mon dispensaire de pauvres gens?

LE COMTE. — Dix mille, docteur, et cinquante mille en cas de réussite du mariage.

LE DOCTEUR. — Vous avez des arguments irrésistibles; la Société de secours aux blessés est une œuvre charitable: donc, c'est par charité que je consens à faire de vous un mannequin.

LE COMTE. — Ce sera la fondation d'une nouvelle œuvre dite : Association philanthropique des mannequins.

LE DOCTEUR. — Vous faites appel à mon cœur. Je consens à ce subterfuge, mais je crains que vous ne me fassiez oublier mon devoir.

LE COMTE. — Ce serait un cas pathologique fort intéressant.

LE DOCTEUR. — Allons, quand viendrez-vous?

Ma première leçon commence dans une heure.

LE COMTE. — J'y serai.

LE DOCTEUR. — Vous aurez un nom d'emprunt?

LE COMTE. — Joseph Tabouret; vous acceptez ma blessure, une fracture du cubitus?

LE DOCTEUR. — C'est entendu. Je vous recommande la plus grande immobilité pendant que mon élève fera la réduction et l'application de l'appareil.

LE COMTE. — Je serai de bois.

LE DOCTEUR. — Quel domicile prenez-vous?

LE COMTE, — Rue de la Grande-Truanderie, numéro 14.

LE DOCTEUR. — Quel âge?

LE COMTE. — C'est à votre appréciation.

LE DOCTEUR. — Mettons 31.

LE COMTE. — 29 : vous êtes trop généreux.

LE DOCTEUR. — Ébéniste?

LE COMTE. — Parfaitement.

LE DOCTEUR. — Venez à trois heures ce soir, avec des vêtements convenables, mais simples.

LE COMTE. — Que de reconnaissance, cher docteur. (*Il lui serre la main avec effusion et sort.*)

SCÈNE IV

LE DOCTEUR PANSEBIEN, BONIFACE

LE DOCTEUR. — Inscrivez le nom d'un nouveau mannequin.

Boniface (*étonné*). — Ce monsieur qui vient de sortir?

Le docteur. — Pas d'observation, écrivez sur le registre.

Boniface (*interdit*). — Voilà.

Le docteur. — Joseph Tabouret, ébéniste, 29 ans, rue de la Grande-Truanderie, numéro 14.

Boniface. — A quel prix, pour l'heure ?

Le docteur. — C'est juste ; mettez 0 fr.55, il est bien musclé, c'est un beau modèle.

Boniface. — 0 fr. 55. Vous n'avez pas dicté : chevalier de la Légion d'honneur.

Le docteur. — C'est inutile : il ne portera pas sa décoration pour ne pas humilier les mannequins qui n'ont que les palmes académiques.

Boniface (*à part*). — C'est un jeune homme qui aura eu des malheurs ; eh bien, moi, dans sa situation, j'aimerais mieux travailler avec mes dix doigts à percer le bois, à tourner l'ivoire... Oui, mais c'est peut-être un garçon qui a déjà mal tourné et il ne veut plus continuer.

SCÈNE V

BONIFACE, Le Docteur PANSEBIEN,
Mademoiselle Hélène DU MINOIS

Boniface. — Je vais préparer les objets de pharmacie.

Le docteur. — N'oubliez pas les épingles. (*Boni-*

face sort.) J'ai peut-être eu tort d'accepter un faux mannequin, mais je saurai surveiller. C'est une matière bien inflammable.

Boniface. —M. le docteur, c'est une dame ou une jeune fille qui demande à vous parler.

Le docteur. — Faites entrer et vous sortirez.

Hélène — Docteur, je viens de revoir mes notes prises à votre dernier cours et je crois avoir fait une grosse erreur en écrivant. J'avais mal entendu sans doute. J'ai mis : l'avant-bras est la partie du membre thoracique comprise entre le bras et la main. Il se compose de deux os : Le radicus et le combicus.

Le docteur. — En effet, mademoiselle, c'est le radius et le cubitus.

Hélène. — Oh ! merci, docteur ; j'aimerais à étudier les muscles de l'avant-bras.

Le docteur. — Le rond pronateur.

Hélène. —Oh ! oui, le rond pronateur !

Le docteur. — Le grand et le petit palmaires.

Hélène. — Oh ! oui, les deux palmaires !

Le docteur. — Le cubital antérieur et le fléchisseur superficiel des doigts.

Hélène. — Que c'est intéressant l'anatomie ! Tout s'explique par déduction ; ainsi, docteur, un jeune homme demanderait ma main à ma mère, je saurais que cette main est actionnée par le fléchisseur superficiel des doigts. C'est admirable !

Le docteur (*à part*). — Si cette jeune fille avait voulu devenir doctoresse, elle aurait eu majorité de boules blanches à ses examens ; mais je vais, en fait d'examen, lui soumettre un mannequin ; justement il a choisi une blessure fictive de l'avant-bras. (*A Hélène.*) Mademoiselle, je vous présenterai aujourd'hui un nouveau mannequin qui a été désigné comme ayant une blessure à l'avant-bras.

HÉLÈNE. — Est-il bien musclé ?

LE DOCTEUR, *riant.* — Admirablement.

HÉLÈNE. — Ah ! quel bonheur je pourrai suivre le jeu des muscles.

LE DOCTEUR. — Oui, assurément, c'est un jeu qui pourra vous donner la clef de tous les jeux.

HÉLÈNE. — La clef des jeux ; oh ! mon bon petit docteur, si je suis mariée un jour et si le bon Dieu m'envoie une fille je lui ferai commencer la médecine à 5 ans !

LE DOCTEUR. — C'est peut-être un peu tôt pour confier un squelette à une si jeune élève.

HÉLÈNE. — On fera des poupées articulées, musclées, pour l'étude de la science amusante. C'est le progrès. Ne devez-vous pas dans un prochain cours nous faire étudier le cœur ?

LE DOCTEUR. — C'est en effet un organe bien essentiel, le siège de la sensibilité morale, des passions, des sentiments ; c'est un muscle creux qui pèse environ 270 grammes chez l'homme, 260 chez la femme.

HÉLÈNE. — Un gros muscle, je croyais que c'était l'inverse et que la femme avait 10 grammes de cœur de plus que l'homme parce qu'elle est plus sensible.

LE DOCTEUR. — Détrompez-vous, ce muscle a des cavités semblables deux à deux. Ses deux ventricules ont la forme de cônes percés de deux ouvertures faisant communiquer le ventricule avec l'oreillette ; en face du ventricule gauche l'artère aorte, le ventricule droit fait face à l'artère pulmonaire.

HÉLÈNE. — J'ai aussi des petits ventricules, docteur ?

LE DOCTEUR. — Assurément.

HÉLÈNE. — Je ne l'apprends qu'aujourd'hui, à vingt ans ; c'est vraiment trop tard.

LE DOCTEUR. — Le cœur subit une série de contractions (systole) et de relâchements (diastole), qui se succèdent suivant un certain rythme et mettent le sang en mouvement. Les deux oreillettes se contactent ou se relâchent ensemble. Il en est de même des ventricules. L'ensemble d'une systole et d'une diastole constitue une révolution cardiaque.

HÉLÈNE. — Systole et diastole, c'est admirable !

LE DOCTEUR. — Le rythme du cœur provient des propriétés de ses fibres musculaires en dehors de toute influence nerveuse et volontaire. Pendant l'intervalle des contractions la fibre cardiaque est inexcitable. Le système nerveux intervient pour coordonner et régulariser les pulsations par les ganglions d'arrêt du pneumogastrique, les filets accélérateurs du grand sympathique.

HÉLÈNE. — Le grand sympathique ! J'en ai un aussi !

LE DOCTEUR. — Assurément.

HÉLÈNE. — Oh ! quel bonheur !

LE DOCTEUR. — Si on appuie l'oreille sur la paroi thoracique d'un homme sain au niveau du cœur, on perçoit un tic-tac constitué par un bruit sourd, profond, prolongé, et un second bruit plus clair séparé par un intervalle.

HÉLÈNE. — Pourrais-je, docteur, ausculter mon mannequin pour entendre ces bruits. ?

LE DOCTEUR. — Nous verrons, c'est assez délicat!

HÉLÈNE. — Oh, je vous en supplie, vous serez bien gentil. C'est le cœur qui m'intéresse le plus dans l'anatomie.

SCENE VI

LE DOCTEUR PANSEBIEN, MADEMOISELLE DU MINOIS, BONIFACE

BONIFACE. — Monsieur le docteur, c'est un mannequin, faut-il le faire entrer ?

LE DOCTEUR (*à part*). — Quelle exactitude ! (*A Hélène.*) C'est un nouveau, un garçon ébéniste sans ouvrage ; la grève sévit, mais il voudrait travailler, on l'empêche de gagner sa vie, et alors...

HÉLÈNE. — Il accepte d'être mannequin ? Pauvre garçon !

LE DOCTEUR. — Faites-le entrer.

SCÈNE VII

Les Mêmes, Le Comte de BELLESOUCHE (JOSEPH TABOURET) en ouvrier endimanché

Le docteur. — Vous venez pour le cours ?

Le comte (*avec un air gauche et embarrassé*). — Oui, monsieur le docteur. (*Boniface sort.*)

Le docteur. — Votre apprentissage ne sera pas long; il faut du sang-froid ; si une élève vous mettait par mégarde une épingle dans le corps, il faudrait la subir avec résignation.

Hélène (*interrompant*). — Oh, docteur, nous commençons à ne plus être maladroites.

Le docteur. — Asseyez-vous donc.

Le comte. — Un tabouret sur un fauteuil ! C'est original. (*A part.*) Elle est charmante. (*Haut.*) On y est fait à la douleur, dans l'ébénisterie on se fiche parfois un clou dans le tendon.

Le docteur. — Il faudra une immobilité parfaite quand on entourera de linge le membre qui sera réputé fracturé.

Le comte. — Oh, au régiment, je bougeais pas quand le colon me reniflait en me tortillant le col.

Hélène (*à part*). — Me reniflait ? comme c'est nature !

Le docteur. — Vous n'êtes pas chatouilleux !

Le comte. — Oh ! non, docteur, j'ai cessé de l'être

à sept ans depuis que j'ai pris en hiver un bain d'eau froide en disparaissant sous la glace.

Le doctuer. — Si l'on vous place du coton hydrophile sous l'aisselle, il faudra rester impassible.

Le comte. — Comme un magot.

Le docteur. — Nous pourrions supposer que vous avez une fracture du cubitus.

Le comte. — Ça me va, au mollet.

Hélène (*à part*). — Il n'est pas fort en anatomie.

Le docteur. — Non, c'est au bras, à l'avant-bras.

Le comte. — Oh! la place m'est égale, je suis là pour le service, je m'en bats l'orbite, on peut me mettre du linge ousque l'on voudra.

Hélène (*à part*). — Il s'en bat l'orbite. C'est probablement un mot d'argot dans l'ébénisterie.

Le docteur. — Eh bien, vous serez un blessé, retour de Chine, un marsouin ayant reçu une balle dans le cubitus, et c'est mon élève ici présente qui va étudier les effets de la blessure. Vous montrerez le muscle de l'avant-bras, le rond pronateur.

Le comte (*riant*). — Le rond pronateur ?

Le docteur. — Vous aurez eu des contractions dans le grand et le petit palmaires.

Le comte. — Le grand et le petit palmaires ? comme vous voudrez. (*Il découvre son bras gauche jusqu'au coude.*)

Le docteur. — Superbement musclé.

Le comte. —Oh ça, je défie l'acajou d'avoir plus de veines que moi.

Hélène. — L'acajou (*riant*) de la Veine !

LE DOCTEUR. — Mademoiselle, prenez deux bandes et des épingles anglaises, je vais vous apprendre à faire un bandage circulaire ou oblique sur le bras de Tabouret.

HÉLÈNE. — Voici, docteur.

LE DOCTEUR (*il fait la démonstration sur le bras à Hélène*). — Les bandes doivent être bien serrées. (*Au comte.*) Je vois que vous avez toutes les qualités du mannequin et votre immobilité est précieuse. Si vous aviez posé pour un sculpteur comme Falguière, vous auriez été largement payé.

LE COMTE. — Oh! oui, mais je n'aurais pas aimé me mettre en public nu comme un amour. On a sa dignité.

HÉLÈNE. — Assurément. Il a des principes.

LE DOCTEUR (*à Hélène*) — Continuez, mademoiselle, vous tournerez en serrant ferme ; il faut que les lèvres de la plaie se rapprochent, qu'il y ait cohésion complète pour la cicatrisation.

HÉLÈNE. — Je craignais de faire mal à monsieur.

LE COMTE. — Au contraire, je ne crains pas d'être serré de près.

HÉLÈNE (*à part*). — C'est un mannequin qui est bien complaisant, mais un peu drôle.

SCÈNE VIII

LES MÊMES, *puis* BONIFACE

BONIFACE. — M. le docteur, c'est un enfant qui a reçu une pierre dans l'œil lancée par un camarade;

la mère est dans la pièce voisine et voudrait savoir si l'œil de son fils est perdu, elle vous attend de suite.

LE DOCTEUR. — Je vous demande la permission de m'absenter quelques minutes et je reviens. Continuez, serrez, et placez deux épingles anglaises aux deux extrémités de la bande quand elle sera complètement roulée. (*Il sort.*)

SCÈNE IX

LE COMTE DE BELLESOUCHE
MADEMOISELLE DU MINOIS

LE COMTE (*bas*). — Enfin seuls !

HÉLÈNE. — Vous dites ?

LE COMTE (*troublé*). — Je dis que lorsque l'on est seul en l'absence d'un guide, d'un médecin, on peut faire des gaffes.

HÉLÈNE. — Des gaffes ! Vous avez, M. Tabouret, un langage imagé d'atelier.

LE COMTE. — Des gaffes, cela se dit aussi chez Maxim's.

HÉLÈNE. — Chez Maxim's, vous connaissez ce restaurant ?

LE COMTE. — Par des clients.

HÉLÈNE. — Et ils parlent de gaffes ?

LE COMTE. — Oui, mademoiselle, s'ils rencontrent leurs sœurs, leurs mères à ce restaurant.

HÉLÈNE. — Mais elles n'y vont jamais ! Vous êtes innocent, monsieur Tabouret, bien innocent !

LE COMTE, *riant.* — Pendant la lune rousse.

HÉLÈNE. — Comment ? Pendant la lune rousse ?

LE COMTE. — C'est-à-dire que quand le patron a sa lune, il nous bouscule notre ouvrage et il faut refaire tous les tenons.

HÉLÈNE. — Je comprends. (*Tournant le bras du mannequin.*) Vous avez les muscles de l'avant-bras très développés, surtout le rond pronateur.

LE COMTE. — Il faut dire que l'escrime...

HÉLÈNE. — Vous faites de l'escrime, vous avez fait des assauts d'armes?

LE COMTE. — Je veux dire que lorsque je m'escrime à joindre le bois, le travail de l'avant-bras lui donne un développement sensible et continu.

HÉLÈNE. — Ne bougez pas, nous arrivons à la fin de la bande, il s'agit de ne pas vous piquer, de bien placer les épingles anglaises.

LE COMTE (*bas*). — Adorable ! (*A Hélène.*) Supposez que je sois bâti en bois des îles.

HÉLÈNE. — J'aurais assurément moins peur ; là, baissez légèrement.

LE COMTE. — Cela me rappelle notre partie de chasse en Sologne.

HÉLÈNE (*étonnée*). — Vous chassez ?

LE COMTE. — Le poil ou la plume.

HÉLÈNE. — Vous avez un fusil ?

LE COMTE. — Un Hammerless, avec de la poudre sans fumée.

HÉLÈNE. — Mais c'est très coûteux, cette arme-là.

LE COMTE. — Oh ! soixante-quinze louis seulement.

HÉLÈNE. — Seulement? Mais vos appointements d'ébéniste vous permettent...

LE COMTE (*embarrassé*). — C'est juste, je vais vous dire : notre patron, le père Erable, tire très mal, il revient bredouille et parfois quand il m'invite à la chasse il me prête son fusil, son Hammerless, et je lui remplis sa gibecière.

HÉLÈNE (*inquiète*). — Vous tirez bien ?

LE COMTE. — Oh ! je manque une pièce sur quinze coups. Il n'y a que lorsque mademoiselle de Sainte-Ambroise vient nous rejoindre ; elle est très snob et si elle dit une gaminerie quand je tire, il n'y a rien de fait, le faisan rentre à tire-d'aile avec ses petits au château.

HÉLÈNE (*troublée*). — Au château ? (*Elle pousse un cri*). Oh ! pardon, l'épingle m'a glissé des doigts ; je vous ai blessé, profondément peut être... oh !

LE COMTE. — Si la marque en pouvait durer plusieurs mois, j'en bénirais le ciel et remercierais le Dieu d'Ambroise Paré dont il disait : « Je l'ai pansé, Dieu l'a guari ».

HÉLÈNE. — Mais vous êtes un lettré ?

LE COMTE. — Il faut bien, quand on joue la comédie de salon.

HÉLÈNE (*très émue*). — Monsieur Tabouret, avouez-le, vous jouez la comédie de l'anatomie, vous êtes ébéniste comme je suis danseuse de l'Opéra. (*Elle se jette sur un fauteuil.*)

LE COMTE. — Pardonnez-moi, Mademoiselle, je n'ai suivi les cours de médecine que pour étudier le cœur, surtout le cœur féminin ; j'ai voulu, comme Pandore, ouvrir cette boîte au secret mystérieux pour apprendre le système d'Harvey et comment ce gros muscle met en mouvement un sang plein d'ardeur.

HÉLÈNE. — Assez, monsieur, assez... Oh, mon Dieu, et le docteur Pansebien qui ne revient pas !

LE COMTE. — Ne vous troublez pas, mademoiselle, j'ai compris toute l'étendue de mon imprudence ; mon grand-père le comte de Bellesouche a failli être pendu en Angleterre. Il s'était déguisé en officier anglais pour apprécier les sentiments de la veuve d'un lord qu'il voulait épouser.

HÉLÈNE (*radoucie*). — C'est de l'atavisme, alors ?

LE COMTE. — Je ne suis qu'un simple attaché d'ambassade à Stockholm : Raoul de Bellesouche. J'ai pour vous le respect, l'admiration qu'on a envers les femmes dévouées qui sont compatissantes à leurs semblables, aux blessés surtout. Je suis un de ces blessés ; votre regard, votre sourire, votre délicieux toucher m'ont profondément ému, mais ne craignez rien. Je vous vénère ; j'apprends en une seconde toute la puissance du cœur humain. Quelle merveille ! Et voilà qu'étant éveillé, je fais un rêve qui sera peut-être irréalisable. Voir à mes côtés une douce femme, une créature angélique allant un jour en Suède, en Norvège, avec un mari qui la présenterait séduisante, constellée de diamants, dans les principales cours d'Europe.

Hélène. — Oh, n'achevez pas, monsieur le comte, je me sens défaillir ; j'ai une mère, une mère que j'adore, et si je lui disais qu'au lieu de prendre une leçon d'anatomie, au lieu de porter secours aux blessés j'ai écouté les aveux d'un faux mannequin, dont j'ai subi l'influence délicieuse, j'ai senti que les troubles excessifs du cœur me transportaient dans le palais des illusions ! Ai-je le droit de dire que je ne m'appartenais plus et que j'allais disposer de ma destinée, sans le consentement de celle qui m'a toujours aimée ? Excellente mère !

Le comte. — Mademoiselle, je vous aime aussi, mais le docteur vous dira que le cœur a diverses façons d'aimer. Comprenez que mon amour ne sera complet que lorsqu'il sera partagé. (*Il se jette aux genoux d'Hélène et prend sa main qu'il baise respectueusement*).

SCÈNE X

Les mêmes, Le Docteur PANSEBIEN

Le docteur. — J'ai introduit le mannequin dans la bergerie ; il s'agit bien maintenant de systole et de diastole ; le rythme de vos cœurs est complètement déréglé.

Hélène *et* le comte (*ensemble*). — Oh ! guérissez-nous, docteur !

Le docteur. — Ma science serait peut-être

impuissante, mais j'avais prévu cette phase de la plus désirable des maladies. Quand deux charbons se réunissent, à leur contact l'électricité se dégage rapidement, une étincelle, comme la foudre, jette au monde cette clarté qui est l'amour.

HÉLÈNE. — Alors ?

LE COMTE. — Docteur ?

LE DOCTEUR. — Comme j'avais le pressentiment de cette fin de cours, de ce commencement de l'autre cour où l'anatomie ne vient pas toujours en étrangère, car les charmes physiques exercent une grande séduction, j'ai été, après ma consultation, rendre visite à la duchesse de Vivarais, la sœur de madame du Minois.

HÉLÈNE. — Ma tante ?

LE DOCTEUR. — Votre tante que j'ai jadis soignée et guérie dans le cas le plus difficile. Je lui ai raconté que le comte de Bellesouche était venu à mon cours et qu'il était soigné par une nièce qui devait le guérir d'une maladie imaginaire, mais peut-être lui faire une blessure plus terrible qu'une piqûre d'épingle, qui demanderait des soins particuliers.

HÉLÈNE. — Vous avez fait cela, docteur ; et qu'a répondu ma tante ?

LE DOCTEUR. — Attendez. Je lui ai exposé que si deux cœurs se trouvaient soumis au même courant, il n'y aurait qu'un seul moyen de salut : faire un rapprochement, une soudure, en favorisant l'alliance intime de deux familles par un mariage.

HÉLÈNE. — Docteur, vous êtes un ange ! Mais continuez, mon cœur bat 2.500 pulsations à la seconde.

LE DOCTEUR. — Vous exagérez, mais il est certain que, de l'autre côté, si j'auscultais le mannequin, je trouverais tous les effets d'une révolution cardiaque insolite.

LE COMTE. — C'est la meilleure, la plus douce des souffrances, mais faites-nous connaître la réponse de madame du Minois.

LE DOCTEUR. — J'ai été d'abord voir madame la duchesse du Vivarais, puis votre mère.

HÉLÈNE. — Qu'a-t-elle dit ? Vite, vite.

LE DOCTEUR. — « Cher docteur, vous avez sauvé la vie de ma sœur par votre diagnostic éclairé, par votre talent incomparable ; elle est venue m'apprendre que vous aviez aujourd'hui des remords de conscience, que vous exagérez votre responsabilité, au sujet du cours où ma fille a donné, comme élève des soins au comte Raoul de Bellesouche qui est en parfaite santé. Que votre conscience demeure en paix. Ma sœur la duchesse de Vivarais, voulant favoriser le mariage de sa nièce avec le comte Raoul, m'avait parlé du stratagème qui consistait à en faire un simple mannequin. »

HÉLÈNE. — Comment, ma tante a comploté ?

LE DOCTEUR. — Elle a comploté ; « connaissant, ajouta madame Du Minois, les qualités éminentes de Raoul, sa haute situation, ses attaches dans le monde diplomatique, sa fortune, j'ai accepté comme mère toutes les conséquences de cette entrevue d'un nouveau genre dans un laboratoire. Je conviens que c'était un peu risqué ! Si ce mannequin fraîchement décoré plaisait à ma fille, je l'accepterais comme gendre. Je vous autorise à le dire au comte Raoul de Bellesouche. »

LE COMTE *et* HÉLÈNE (*ensemble*). — Oh ! merci, docteur, merci !

LE DOCTEUR. — Ah ! au fait, je vous dois 0 fr. 55 pour...

LE COMTE. — Mais, moi, je vous dois 50.000 fr. Vous les recevrez demain en un chèque sur la Banque.

LE DOCTEUR. — Eh bien, on ne s'ennuiera pas à la prochaine réunion de l'Académie de Médecine où j'exposerai ce cas peu banal de la guérison d'une maladie qui s'était développée dans le cœur d'un mannequin.

HÉLÈNE. — Oh ! oui, docteur, toutes les demoiselles voudront vous demander une ordonnance. Quand je pense que mon cousin le général Droitaubut disait dernièrement que la chirurgie avait fait beaucoup de progrès, mais que la médecine était en retard d'un siècle !

LE COMTE. — Eh bien, je me charge de convertir le général Droitaubut. (*Prenant la main d'Hélène.*) La constatation de notre bonheur durable l'engagera peut-être à venir demander une ordonnance au docteur Pansebien, car le général est veuf et cherche femme.

LE DOCTEUR. — C'est vrai, mais je n'oserais jamais faire d'un général de division un mannequin. Je ne soignerai plus que les affections cardiaques. Ce sera ma spécialité. Je pourrai ainsi, en favorisant le mariage, lutter victorieusement contre la dépopulation de la France. Le plus clair, c'est que j'ai gagné 50.000 francs pour mon dispensaire. Quel joli côté du cœur à exploiter pour les pauvres! Ils vont avoir un secours immédiat.

. . . .

RIDEAU

Villa des Souvenirs.
Bellevue (Seine-et-Oise), mai 1901.

EMILE COLIN, IMPRIMERIE DE LAGNY (S.-ET-M.)

www.ingramcontent.com/pod-product-compliance
Ingram Content Group UK Ltd.
Pitfield, Milton Keynes, MK11 3LW, UK
UKHW021115230726
13926UKWH00002B/507